EL LIBRO ES UN UNIVERSO PORTÁTIL.

UNA SELECCIÓN DEL JUNIOR LIBRARY

DEDICADO A MATILDA QUE ME ENSEÑÓ A DIBUJAR COMO ENRIQUETA, A CLEMENTINA QUE LE PUSO DE NOMBRE "MIFAVORITO" A SU CONEJO DE PELUCHE Y A EMMA CUANDO SE PONE MIS SOMBREROS.

LINIERS—

TOON NIVEL TRES

Directora Editorial: FRANÇOISE MOULY

Diseño del libro: FRANÇOISE MOULY & MAGDALENA OKECKI

El arte final de RICARDO LINIERS se realizó con tinta, acuarela, y lápiz de color.

Todos nuestros libros están encuadernados por Smyth Sewn (la mejor en su categoría) y se imprimen con tintas de base de soja en papel libre de ácido, obtenido de cultivos de madera responsables con el medio ambiente. Impreso en Shenzhen, China por C&C Offset Printing Co., Ltd. Distribuido por Consortium Book Sales and Distribution, Inc.; pedidos (800) 283-3572 34; orderentry@perseusbooks.com; www.cbsd.com.
Los datos de esta publicación se encuentran disponibles bajo pedido en el catálogo de la Librería del Congreso (LCC). ambién está disponible en ingles: *Written and Drawn by Henrietta* (ISBN: 978-1-935179-90-0).

ISBN 978-1-935179-91-7 (hardcover Spanish edition)
15 16 17 18 19 20 C&C 10 9 8 7 6 5 4 3 2 1

WWW.TOON-BOOKS.COM

ESCRITO Y DIBUJADO POR ENRIQUETA

UN LIBRO TOON POR

LINIERS

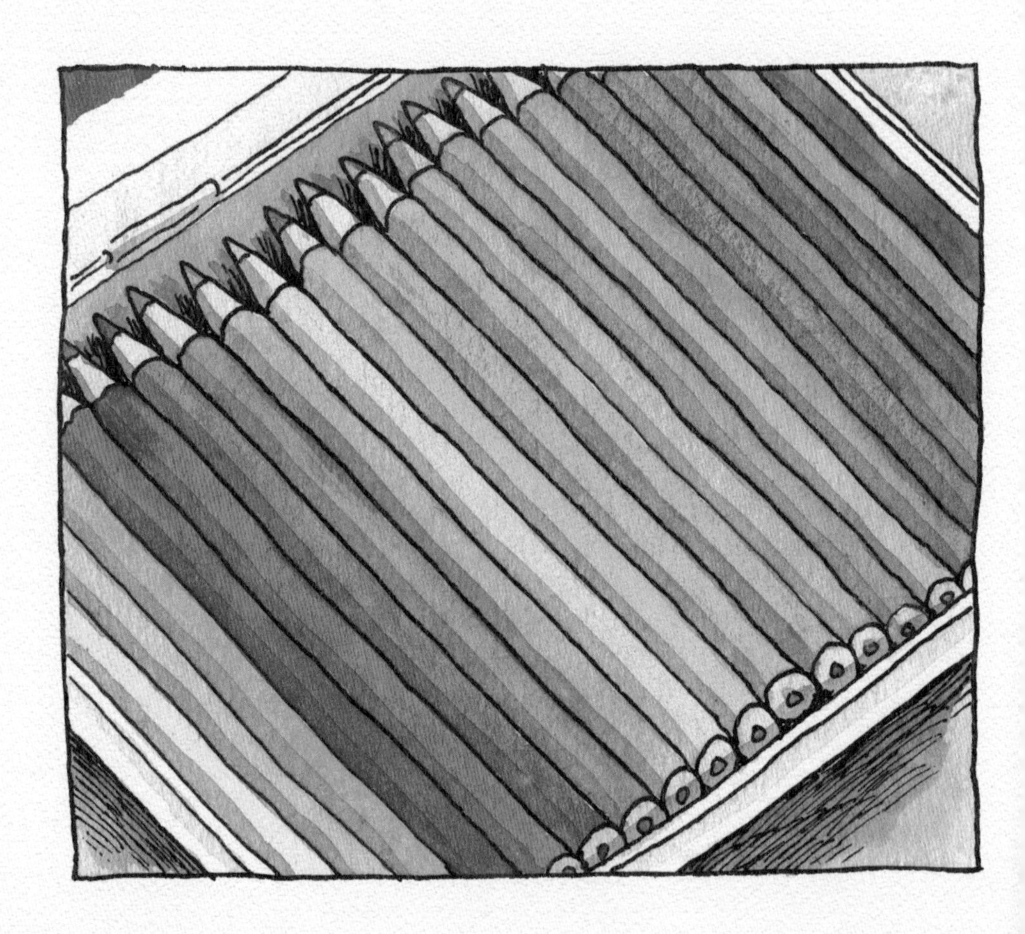

¡MIRA LO QUE ME REGALÓ MAMÁ!

UNA CAJA DE LÁPICES DE COLORES ES LO MÁS CERCA QUE LLEGAS A TENER UN PEDAZO DE ARCO IRIS.

¿QUÉ TE PARECE EL TÍTULO?

EL MONSTRUO
CON TRES CABEZAS

Y DOS SOMBREROS
POR ENRIQUETA

¡CHAPEAU!

CAE LA NOCHE Y EMILIA SE VA A DORMIR

ME ESTOY ASUSTANDO A MÍ MISMA.

Y EMILIA A VECES TIENE
MIEDO CUANDO TODO ESTÁ
OSCURO
MI FAVORITO, TÚ HOY DUERMES CONMIGO

CRIC
CRAC

HMM... ¿QUÉ SERÁ ESE RUIDO?

CROC
¿¡QUÉ SERÁ ESE RUIDO, MIFAVORITO?!
CRIC

CROC
CRAC
PLOM
PLAM
EL RUIDO ESTÁ CADA VEZ MÁS CERCA...

ENRIQUET...
HHHHH

¿QUÉ QUIERES, FELLINI?
NO... NADA. DÉJALO.

Y DE REPENTE UNA MANO MISTERIOSA

EN UN BUEN CUENTO SIEMPRE TIENE QUE PASAR ALGO DE REPENTE.
SALIO DEL CLÓSET Y DESPUÉS UN PIE MISTERIOSO.

Y AHORA SE PONE INTERESANTE LA COSA.

UNA CABEZA SALIÓ DEL CLÓSET

DESPUÉS OTRA CABEZA
Y OTRA MÁS

BUENAS
NOCHES
SEÑORITA
EMILIA ESTABA ATERRORIZADA
¿TÚ VES LO MISMO QUE YO, MI FAVORITO?

¡Q... Q... QUIÉNES ¿SON USTEDES?
BUENA PREGUNTA, EMILIA.
HUGO

PACO
LUIS MIGUEL

¿CÓMO VA ESE CUENTO?

ESPERAR A QUE SE TE OCURRA ALGO ES LA PARTE MÁS DIFÍCIL.

¿POR QUÉ ESTABAN DENTRO DE MI CLÓSET?

ESTAMOS BUSCANDO UN SOMBRERO PARA LUIS MIGUEL QUE NO TIENE
AY... POBRE

NOS VENDRÍA BIEN UN POCO DE AYUDA
TU CLÓSET ESTÁ UN POCO DESORDENADO

LO DEL DESORDEN ESTÁ BASADO EN UNA HISTORIA REAL...
¿NO?

HACE MESES QUE BUSCAMOS UN BUEN SOMBRERO EN TU CLÓSET
¿MESES?

ES UN CLÓSET ENODOORME
¿ENORME?

¿POR QUÉ DICEN QUE ES ENORME? YO LO VEO COMÚN Y CORRIENTE.

EN ESE MOMENTO LUIS MIGUEL ABRIÓ LAS PUERTAS Y...

LOS PUNTOS SUSPENSIVOS SON LOS PRINCIPALES ALIADOS DEL...
¡SUSPENSO!

EMILIA MIRABA ASOMBRADA
EL GIGANTESCO ESPACIO
REPLETO DE ROPA
DENTRO DEL MUEBLE.

¡¿CÓMO PUEDE SER?!

LO QUE PASA ES QUE EL CLÓSET ES MADE IN NARNIA.
AH

NO SÉ SI EMILIA SE VA A ANIMAR A ENTRAR A ESE LUGAR TAN EXTRAÑO.

A VER.

Hop

ESTE LUGAR ES UN LABERINTO

LA VIDA ES UN LABERINTO EMILIA.

¿CÓMO HACEMOS PARA ENCONTRAR UN SOMBRERO EN ESTE CAOS?

VAN A NECESITAR AYUDA.

A LO MEJOR LE PODEMOS PREGUNTAR A ESE RATÓN

DISCULPE, AMIGO.
¿PUEDE DECIRNOS
DONDE ESTÁN
LOS SOMBREROS?

ES UN RATÓN DE POCAS PALABRAS... COMO TÚ, MADARIAGA.

EMILIA Y EL MONSTRUO CON
TRES CABEZAS Y DOS SOMBREROS
SIGUEN LAS INDICACIONES
DEL RATÓN.

¡ALLÁ VEO LOS SOMBREROS!
ESTOY DIBUJANDO RÁPIDO PORQUE QUIERO SABER QUÉ VA A PASAR.

BOMBIN
AKUBRA
FEDORA
GORRA
BICORNIO
PANAMA
MONTERA

APOTAIN
GALERA
BIRRETE
GATSBY
STETSON
HAMBERGO
FEZ
GORRO FRIGIO
PORKPIE

WOW

LAS MEJORES COSAS SON LAS QUE TE HACEN DECIR "WOW"
O "MIAU"

ESTA ENCICLOPE-DIA VIEJA SABE MUCHO DE SOMBREROLOGÍA.

¡RÁPIDO! ELIGE UNO QUE TE GUSTE Y VAMOS.
ANTES DE QUE LLEGUE EL MONSTRUO

¿¡HAY OTRO!?

EL MONSTRUO CON UNA CABEZA Y TRES SOMBREROS.
¡EPA!

SHH, FELLINI. SILENCIO.

ME PARECE QUÉ ESCUCHÉ ALG...

AAA

AAA

AAAAAAAAAAAAAAAA

AAAAAAAA

¡LO PERDIMOS!
?...

¡NOS PERDIMOS!

ESTAMOS PERDIDOS.
ALLÁ ESTÁ EL RATÓN.

DISCULPE, AMIGO. ¿PUEDE DECIRNOS DÓNDE ESTÁ LA SALIDA?

BUENO... ¿LOS SACAMOS DE AHÍ ADENTRO?

PLUM
PLOM
PLAM

EMILIA CERRÓ EL CLÓSET CON TODAS SUS FUERZAS
PLAM

HUGO, PACO Y SOBRE TODO LUIS MIGUEL ESTABAN TAN CONTENTOS CON EL SOMBRERO NUEVO

ME PARECE QUE ESTE CUENTO TIENE UN FINAL FELIZ.

GRACIAS POR AYUDARNOS, EMILIA. AHORA NOS TENEMOS QUE IR.
PERO ANTES DE VOLAR POR LA VENTANA, TENEMOS UN

CHAU, EMILIA

LO ESCONDIMOS ADENTRO DE LA CAMISETA.

CHAU, MIFAVORITO

SE VAN POR LA VENTANA, EN-TRAN POR EL CLÓSET... LOS MONSTRUOS ODIAN LAS PUERTAS.
AJÁ.

AHORA VEAMOS QUÉ LE REGALA-RON A EMILIA PORQUE ME DA MUCHA INTRIGA.

FIN

FIN

LISTO... AHORA A BUSCAR UNA EDITORIAL.

SOBRE EL AUTOR

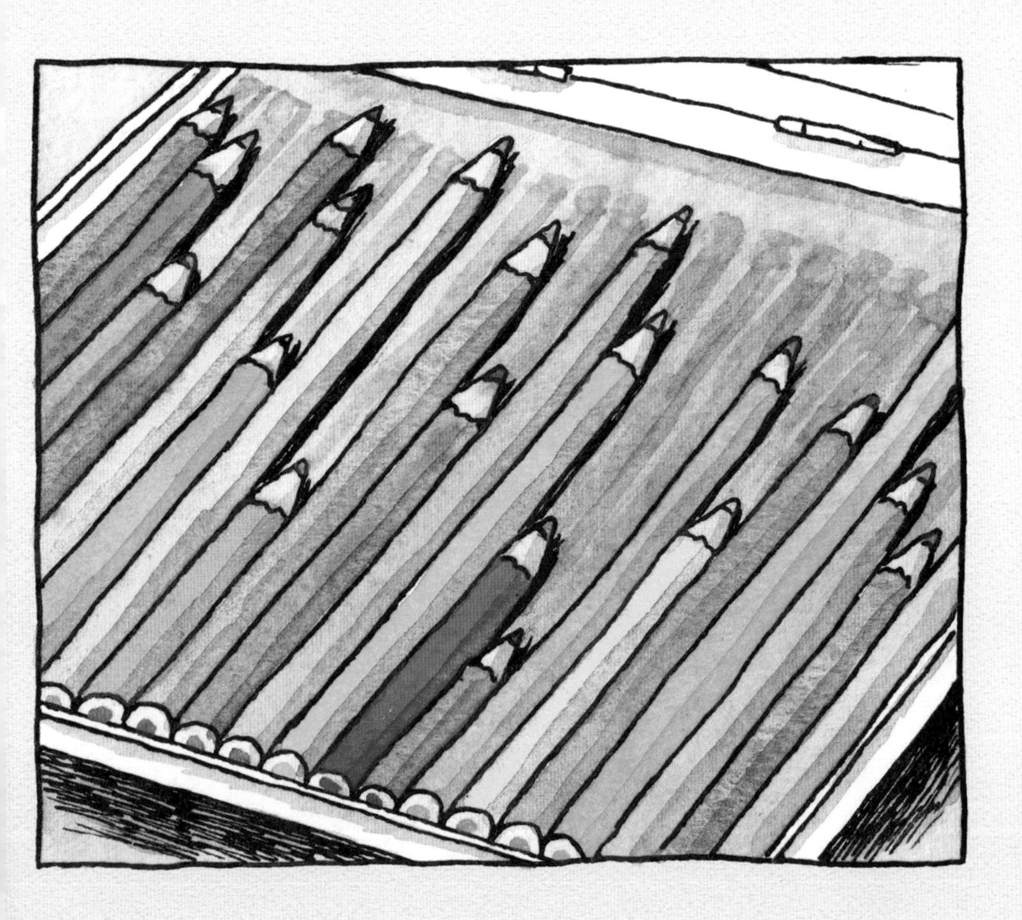

RICARDO SIRI LINIERS, conocido como **LINIERS**, es el autor de *Macanudo*, una tira cómica que sigue muy popular en la Argentina y que ahora está disponible en Estados Unidos. Su debut en E.U., titulado *The Big Wet Balloon* (*El Globo Grande y Mojado*), un libro TOON, fue nominado para el premio Eisner y seleccionado por la revista *Parents* como uno de los 10 mejores libros para niños. Vive en Buenos Aires con su esposa y tres hijas, todas acreditas como inspiraciones para este libro.

RECOMENDACIONES PARA PADRES Y MAESTROS:

CÓMO LEER TIRAS CÓMICAS CON LOS NIÑOS

¡A los niños les encantan las tiras cómicas! Sienten una atracción natural por los detalles de los debujos, que hace que quieran leer las palabras. Las tiras cómicas piden que se lean repetidamente y permiten que tanto principiantes como lectores reacios disfruten de cuentos complejos con vocabularios variados. Sin embargo, como las tiras cómicas tienen su propia gramática, aquí ofrecemos recomendaciones para leerlas con los niños:

DIRIJA A LOS LECTORES JÓVENES: Use un dedo para mostrar su lugar en el texto, pero manténgalo debajo del dibujo del personaje que habla, para que no esconda las expresiones faciales, que son tan importantes.

¡DRAMATÍZELO! Piense en la historia de la tira cómica como si fuera una obra de teatro y no tema leer con expresión e intonación. Asígneles partes de la historia o haga que los niños suplan los efectos de sonidos; es una gran forma de reforzar las destrezas fónicas.

PERMÍTALES ADIVINAR. Las tiras cómicas ofrecen mucho contexto para las palabras, así que los lectores principiantes pueden adivinar informados. Como los rompecabezas, las tiras le piden a los lectores que hagan conexiones, así que verifique la comprensión del público joven, preguntando "Este personaje, ¿qué estará pensando? (pero no se sorprenda si un niño descubre algunos de los detalles sutiles de la tira cómica más rápido que usted).

HABLE DE LOS DEBUJOS. Demuéstreles cómo el artista le marca el ritmo a la historia con pausas (paneles silenciosos) o con acción acelerada (una serie rápida de paneles cortos). Hablen sobre cómo el tamaño y la forma de los paneles tienen significado.

SOBRE TODO, ¡DISFRUTE! Está claro que no hay una sola forma de leer, así que busque compartir el placer. Una vez los niños hagan que la historia se forme en sus imaginaciones, habrán descubierto el deleite de leer, y no los podrá detener. Cuando llegue a ese punto, búsqueles más libros, y más tiras cómicas.